成长故事综编
CHENGZHANG GUSHI ZONGBIAN

旧背篓
JIU BEILOU

知识达人 编著

成都地图出版社

图书在版编目（CIP）数据

成长故事综编.旧背篓/知识达人编著.一成都：
成都地图出版社，2017.1（2021.7 重印）
ISBN 978-7-5557-0560-4

Ⅰ.①成… Ⅱ.①知… Ⅲ.①阅读课—中小学—课外
读物 Ⅳ.① G634.333

中国版本图书馆 CIP 核字（2017）第 023102 号

成长故事综编——旧背篓

责任编辑：程海港
封面设计：吕宜昌

出版发行：成都地图出版社
地　　址：成都市龙泉驿区建设路 2 号
邮政编码：610100
电　　话：028－84884826（营销部）
传　　真：028－84884820

印　　刷：固安县云鼎印刷有限公司
（如发现印装质量问题，影响阅读，请与印刷厂商联系调换）

开　本：710mm×1000mm　1/16
印　张：8　　　　　字　数：160 千字
版　次：2017 年 1 月第 1 版　印　次：2021 年 7 月第 4 次印刷
书　号：ISBN 978-7-5557-0560-4
定　价：38.00 元

目录

旧背篓

　　有一天，儿子对母亲说："娘啊，我在山上修了一间小茅屋，那里空气好，果子多，如果你住在那里，一定会长寿的。"小孙子叫嚷着："不嘛，我要和奶奶在一起。"

　　老人明白儿子的意图，拍了拍小孙子的头，含着泪说："你爹爹说得有道理，我很想去呢，可惜我现在走不动了。"儿子说："没关系，我背你去。"于是，儿子找来一个旧背篓送母亲上山。

　　到了茅草屋后，儿子硬着心肠转过了身。小孙子一把抓起背篓，大声喊道："爹爹，爹爹，快带上它！"儿子说："不要了！"小孙子跺着脚说："就要！等你老了，我也要用它背你来小茅屋住呢。"儿子目瞪口呆，羞愧极了，连连说道："娘，我错了！我们一起回去吧！"老人露出了笑容，小孙子也乐得手舞足蹈。

洛桑有颗红宝石

有个心地善良的男孩叫洛桑。有一次，他救了一条小蛇和一只小猫。小蛇对他说："我是蛇王子，请你把我送回家吧。"

洛桑点点头，把小蛇送回了蛇宫。蛇王子说："好心人，我一定要报答你的救命之恩，就送给你一颗万能的红宝石吧。"

洛桑得到了红宝石，决定向美丽的公主求婚。国王听了他的请求后，说："洛桑，如果你能用纯金为我造一座宫殿，我就把女儿嫁给你。"

"国王陛下，明天你就会有纯金的宫殿了。"洛桑说。

第二天一大早，国王果然看到他的宫殿旁边矗立着一座纯金宫殿。于是，他把公主嫁给了洛桑。

巫婆知道了这件事，就施魔法夺走了洛桑的红宝石，还招来一阵狂风把公主刮到沙漠里去了。洛桑伤心极了，小猫说："主人，我去找回你的红宝石。"它来到了金宫殿，捉住了鼠王，鼠王说："猫大哥，你放了我吧，我一定把红宝石偷出来给你。"鼠王知道巫婆把宝石放在嘴里，就用尾巴去挠巫婆的鼻孔。"啊嚏！"巫婆打了一个喷嚏，一下子就把红宝石喷了出来，小猫一把接住了红宝石，交给了洛桑。洛桑找回了妻子，过上了幸福的生活。

小汤米的大奇遇

小老鼠汤米和奶奶生活在一个下水道里。有一天，汤米觉得自己长大了，决定出去周游世界。

汤米背着小背包，头戴圣诞帽，神气地在路上走着。汤米看见一个很大的湖泊，就游了过去，站在岸上抖落身上的水，大声说："奶奶说大鱼才能游过湖泊，看啊，我比大鱼能干！"

其实，那个湖泊只不过是奶奶的脚印，里面灌满了雨水而已！

汤米看见一座金黄蓬松的山，一跃而过，兴奋地说："看啊，我跃过一座山峰了！就是奶奶讲过的羚羊也没有我跳得这么高吧？"

其实，那座山峰只不过是田野里的一堆干草而已。

汤米继续走着，忽然看见两头黑熊正在打斗。

"闪开！小心我把你们一起消灭了！"汤米奶声奶气地叫喊，那两头黑熊真的闪开让路了。"啊，我太勇敢了，连奶奶说的凶猛的黑熊都为我让路了！"汤米自豪地对着天空伸伸小拳头。

其实，那两头黑熊只不过是两只苍蝇而已。

"行了，世界上该遇到的事情都见识到了：翻山越岭，漂洋过海，与猛兽搏斗。一切都证明了我汤米了不起！"汤米转身回家了。

回家后奶奶望着满身泥浆的汤米，听着汤米讲它了不起的奇遇，哈哈大笑，肚子都笑疼了。

猫王之死

有一个由流浪猫组成的王国，国王是一只慈祥的黄猫。在它的统治下，流浪猫们过着幸福而安宁的生活。

直到有一天，从森林里跑来一只黑猫，打破了王国的安宁，它不仅经常欺负流浪猫，还凭借自己强壮的身体，打败了黄猫国王，开始了它残暴的统治。

黑猫虽然拥有了至高无上的权利，却依然改不了占别人小便宜的恶习。

一天，黑猫大摇大摆地走在大街上。其他猫见了，纷纷向它鞠躬致敬。这时，一只提着东西的白猫，匆匆地从它身后跑过。黑猫立即大声地叫住了它。

"你手里提的是什么东西？快给我看看。哦，是鱼啊！"黑猫看到白猫手上提着几条大鱼，立即把鱼抢过来，"咔嚓"就是一口。"大王，这些鱼不能吃……"白猫站在一旁，想要劝阻它。没等白猫说完，黑猫就吼了起来："滚一边去，不然割掉你的舌头。"白猫这下再也不敢说话了。

不一会儿，黑猫的肚子就疼了起来，它痛苦地问白猫："你给我吃的是什么鱼？……"

"大王，你别怪我啊，刚才你吃的是有剧毒的河豚。"这下，黑猫傻眼了："那你为什么不早点儿告诉我？……"

"大王，我本来想告诉你的，可你却不让我说话，还要割我的舌头。"黑猫一听，脸都吓白了，没抽搐几下，就咽了气。

想割鼻子的小象

　　小象今年两岁了，长得胖乎乎的，非常讨人喜欢。可就是太娇惯了，衣来伸手，饭来张口，什么都不做。

　　有一天，小象来到附近的园子里找东西吃。它看到一棵香蕉树，馋得直流口水，急忙伸出鼻子去摘大香蕉，可它身材太矮小，不管怎么使劲地跳，就是够不着。它累得满头大汗，上气不接下气，坐在地上喃喃地说："想不到，找东西吃这么难！"

　　这时，从附近的树上传来说话声。

　　"我听说，人喂的猪从来不干活，也有东西吃，真让我羡慕。"

　　"是啊，哪像我们，每天都要起早贪黑地去寻找食物。"原来是两只乌鸦在议论。

　　小象听完，立即有了主意："我只要把长鼻子割掉，不就可以和猪一样了吗？到那时，我就可以不用天天这么辛苦地去找东西吃了。"

　　于是，小象一口气跑到了猴大夫那里，将自己要割鼻子的事情告诉了它。猴大夫感到非常吃惊，忙问小象为什么要割掉自己心爱的鼻子，小象却得意地说："这样我就不用干活了。"猴大夫笑了笑，说："那你知道为什么猪不用干活吗？"小象摸着脑袋，答不上来了。当猴大夫说了猪被养大后可能就成为人们的美餐时，小象就再也不想变成猪了。

　　它回到家，认真地向爸爸妈妈学本领，变成非常能干的小象了。

巨人的花园

　　巨人有一座花园，花园里开满了美丽的花，还有十二棵苹果树。孩子们都喜欢巨人的花园，可是巨人却不喜欢孩子们，他嫌孩子们太吵闹，怕孩子们弄乱花园，于是在花园的四周筑起了一道高墙，门口挂上告示牌："不准进入花园"。

　　可怜的孩子们没地方玩了，只好到灰尘多的街道上玩。

　　春天来了，到处开着花儿，到处有小鸟歌唱。唯独巨人的花园里花也不开，鸟也不来。"我真不明白为什么春天不到我的花园来。"巨人说，"我盼望天气不久会好一点儿。"可是春天始终没有来，夏天也没来。秋天给每座花园带来金色的果子，但巨人的花园里那

十二棵苹果树上什么也没有。

　　一天早晨，巨人听见一只金丝雀在唱歌，他兴奋地翻身下床，趴在窗口看。

　　一群孩子翻墙爬进花园，坐在苹果树枝上快乐地笑着，小鸟听见笑声飞来了，花儿们偷偷从绿草间探出头来。一个最小的孩子不小心从树枝上掉在厚软的草丛里，想再次爬上树，但有些艰难。巨人轻轻下楼，用两个指头帮助那个最小的孩子，把他放回树枝上去。孩子们看见巨人没有一点儿恶意，就摇动树枝呼唤巨人的名字。更多的鸟儿飞来了，更多的花儿开了。

　　"我有许多美丽的花，可是孩子们比花还美！"巨人说。

　　从此，春天按时来到巨人的花园。

11

种花的孩子

国王越来越老了，可是他没有孩子，他决定在全国挑选一个品行好的孩子做他的继承人。用什么办法挑选呢？国王想了一个办法：他让大臣给每个孩子发一粒花种，并宣布："谁的种子开出的花最美丽，谁就是将来的国王！"

孩子们把种子领回家去，精心浇水培育。谁都想当国王的继承人啊！

第二年春天，国王通知孩子们把种好的花移栽到盆里，带进王宫来，由他评选。孩子们站在台阶

下，端着花盆排成一排。国王走下台阶挨个观看，孩子们花盆里的鲜花一盆比一盆娇艳，国王却皱着眉头。这时，孩子中传来哭声，国王走到抹眼泪的男孩跟前，摸摸他的脑袋说："亲爱的孩子，你为什么哭呀？"

"对不起，尊敬的国王。我想尽一切办法，就是种不出花来！"男孩捧着空花盆伤心地说。

"我要找的王位继承人就是他！"国王面向人群，大声宣布，"他是个诚实的孩子！我发给你们的种子是煮熟的，根本开不出鲜花！"

捧空花盆的孩子激动地流下了喜悦的眼泪。国王拉着他的手，请他和自己一起坐在宝座上，告诫大家："王国继承人是最诚实的孩子，只有诚实的人长大后才配得上治理国家。"

13

没有牙的小老虎

春天来了，小老虎可高兴了，因为它要和其他小动物一起去春游啦。可是，春游回来以后，小老虎就拉着小脸，很不高兴的样子。原来，春游的时候，小白兔对它说："小老虎，你呀，什么地方都好看，就是一笑就会露出两对尖尖的虎牙，难看死了。你为什么会长虎牙呢？"小黄狗也说："是啊，是啊，它讲话的时候就会露出两对长长的虎牙，我的牙齿还没有那么长呢，真丑。为什么不可以短一点儿呢？"

小老虎苦恼极了，它想变得漂亮一些，那样小伙伴们就不会取

笑自己了。想来想去，它决定拔掉嘴里的虎牙。

第二天早晨，小老虎来到动物医院。"龟博士，我要拔牙。"小老虎大声说。牙医龟博士考虑了半天，终于答应了。

"龟博士，拔牙疼吗？"小老虎轻轻地问。"其实，拔牙一点儿也不疼，我会给你打麻药针的。"龟博士笑眯眯地说。真的，打了麻药针后，小老虎一点儿也不觉得疼。可是，没有了虎牙的小老虎并没有变漂亮。

小白兔说："呀，你拔牙了？不过，你好像一点儿也没变可爱，反而像个瘪嘴老太太了。哈哈……"小黄狗接着说："哟，没了虎牙，你怎么啃骨头呀？这下子你可一点儿也不像老虎了。呵呵……"

"唉！"没了牙的小老虎直叹气，真后悔啊。

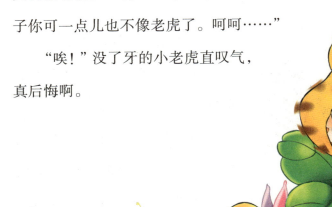

喷嚏兔和唱歌猫

爱打喷嚏的喷嚏兔和爱唱歌的唱歌猫是一对好朋友。有一天，它们在一起玩捉迷藏的游戏。唱歌猫先躲起来，它爬上一棵大树，趴在树杈上，还把树枝拉过来用绿叶遮盖身体。喷嚏兔找呀找，怎么也找不到唱歌猫。后来喷嚏兔想出个好办法，它躲在草丛里，大声地唱起来："鱼儿鱼儿游呀游，游进唱歌猫的嘴里头，老鼠老鼠跑呀跑，躲进唱歌猫的脚爪爪。"

喷嚏兔唱了一遍又一遍，它知道这是一首唱歌猫最爱唱的歌。果然，当喷嚏兔唱到第九遍的时候，唱歌猫忍不住跟着轻轻地哼了起来。喷嚏兔竖起长

耳朵，仔细地听歌声是从什么地方传来的。它一抬头，就把躲在树杈上的唱歌猫逮住了。

唱歌猫说："不算，不算，喷嚏兔，是我的歌声帮助了你。"喷嚏兔说："不，是我用聪明的办法抓住你了！"这一次，该喷嚏兔躲起来。它躲在密密的草丛里，一动也不动。唱歌猫找啊找啊，怎么也找不到。唱歌猫也想了一个办法，它大声讲起故事来：

"从前，有个胡椒国王，他的王国只出产胡椒，他可爱吃胡椒啦！每天吃饭都要放三大勺胡椒面，还嫌不够……"

躲在草丛里的喷嚏兔一听到"胡椒"两字，鼻子就痒痒的，因为平常它一闻到胡椒味就忍不住打喷嚏。唱歌猫继续讲道："……后来呢，胡椒国王每天吃饭要放九大勺胡椒面才过瘾。他还给大儿子取名叫胡椒第一，二儿子取名叫胡椒第二……"

"啊——嚏——"喷嚏兔实在受不了，打了一个长长的响亮的大喷嚏。唱歌猫一下就把躲在草丛里的喷嚏兔捉住了。

菜园里的歌声

在一块畦田里，有穿着绿袍子的黄瓜、红脸蛋的西红柿、漂亮的甜菜、长胡须的胡萝卜，还有土豆、大葱、大青椒……

蔬菜们每天都待在畦田里，一个个都过得十分开心。这是为什么呢？因为啊，蔬菜们在这里能发现新的快乐。

你听，黄瓜拉着风琴，西红柿吹着喇叭，甜菜和胡萝卜又唱起了快乐的歌谣，"啦啦啦，晒太阳，晒了太阳苗儿壮，晒了太阳果儿香……"它们的歌唱得可真好听啊，可惜路过畦田的人们都听不懂它们在唱什么。慢慢地，畦田里的蔬菜们都不唱歌了。黄瓜低着头，西红柿苦着脸，甜菜和胡萝卜也变得没精打采。

　　咦，它们这是怎么了呢？哦，蔬菜们唱的歌没人能听懂，它们的心里正在难过呢。

　　有一天，一个小姑娘走进了畦田。她看看黄瓜，又看看西红柿，把它们和甜菜、胡萝卜一起摘了下来，装进大大的竹篮里。回家以后，小姑娘又把它们身上的泥土洗得干干净净，这些"音乐家"们高兴极了。它们又齐声歌唱起来了。

　　这一次，终于有人听懂了它们的歌。瞧，可爱的小姑娘拍着双手，笑得多开心啊！

小麻雀不迟到了

　　小麻雀特爱说话，一天到晚"唧唧喳喳，唧唧喳喳"地说个不停。每天早晨，睁开眼睛之后，它总要缠着妈妈说会儿话，才肯起床。妈妈很爱小麻雀，娘儿俩躺在床上，从玉米粒的香啊，说到花园里的花啊，从青草的绿啊，说到毛毛虫啊，小麻雀转悠着黑黝黝的小眼睛，依偎在妈妈身边，这样的日子美极了。

　　可是，小麻雀该上学了，妈妈在喜鹊大婶那里给小麻雀报了名。从今以后啊，小麻雀要很早很早起来去上学了。

　　第一天，小麻雀刚睁开眼，妈妈催它起床。小麻雀嘟着嘴说："妈妈，咱们还没聊天儿呢。"妈妈只好陪它聊几句。结果，小麻雀迟到了，所有的小朋友都看着它，小麻雀很不好意思。

　　第二天早晨，妈妈叫了好几遍，小麻雀才从床上坐起来，拿起裤子朝头上套，穿了半天脚丫子才伸进去，东倒西歪地进了卫生间，因为没和妈妈聊天儿，它心里不高兴，磨磨蹭蹭地又迟到了。这次喜鹊大婶生气了，说："小麻雀，同样的错误只能犯一次噢。"小麻雀羞愧地低下了头。

第三天早晨，小麻雀没有要妈妈叫，自己就早早地起了床，但是小黑眼睛还是跟着妈妈转，心里有好多话想跟妈妈讲啊。妈妈搂着它，眼睛有些湿润地说："你是大孩子了，你要自己飞了，妈妈不可能时时刻刻陪伴在你身边。"小麻雀望着妈妈深情的眼睛，懂事地说："妈妈，我不会迟到了。"

煤炭和石头

　　一块石头在睡梦中被工人师傅装上了一辆运煤的火车。当石头醒来看到一堆堆黑乎乎的煤炭时，它惊呆了，尖声叫起来："这是哪里啊？哎呀，怎么这里的石头一点儿也不像我啊，全是黑黝黝的，真难看。"一块煤炭听了石头的话，不仅没有生气，还笑着对石头说："我们叫煤炭，是专门为人类送温暖的，别看我们黑乎乎的，用处可大了。"

石头一听，大笑起来，冲着煤炭做了一个鬼脸，得意地说："哼，就凭你们这些黑煤球，会有什么用处？别吹牛了。""石头你这么得意，那你有什么用处呢？"这时，另一块煤炭也发言了。

石头听了，拍着胸脯，神气十足地说："人类盖房子，修路，建工厂……样样都离不开我。"说完，一块煤炭立即笑了起来："你能燃烧自己为人类送去温暖吗？"这下，石头的脸刷地涨红了，一时说不出话来。周围的煤炭见了，嘻嘻哈哈地笑了起来。

石头很不服气，和煤炭们争吵起来。可争了半天，谁也没能说服谁。最后德高望众的老煤炭对大家说："无论是石头，还是煤炭，都是人类的好帮手，都做了很多了不起的贡献……"没等老煤炭说完，下面就已响起了雷动的掌声。石头和煤炭们手拉着手，一起欢呼了起来。

糖糖猫

　　有一个小男孩用糖做了一个糖猫，把它放在桌上就上学去了。那糖猫的模样可爱极了！胖乎乎的身体，机灵的眼睛，两撇胡须，散发出香喷喷、甜蜜蜜的味道。床底下的老鼠闻到糖香味，就跑出来东寻西觅，发现那气味是从一只黄澄澄的猫身上散发出来的，吓了一大跳。

　　"快跑呀，猫来了！"老鼠们一阵惊慌。跑了一阵儿，它们发现那只猫并没有追来。咦？奇怪了！

　　一只胆大的老鼠说："你们等等，我再去看看！"它偷偷地溜到糖猫面前，看见那糖猫圆睁着眼睛一动不动。它大胆地摸了摸糖猫的身体，拉了拉糖猫的胡须，胡须"咔嚓"一声断了。这只老鼠感觉到爪子黏糊糊的，用舌头舔一舔，香甜香甜的。原来是只糖猫！

　　"上啊！伙计们，哈哈，一只糖猫，一只用很多很多糖做成的猫！"老鼠们蜂拥而上，有的舔糖猫的背，有的咬糖猫的尾巴和耳朵，一会儿就把糖猫给吃光了。真是太愉快了！从来没有吃过这么多糖，从来没有吃过糖做的猫，今天老鼠们大饱眼福和口福了。

　　"蹬蹬蹬……"有脚步声传来。一定是小男孩放学回家了，得意的老鼠们"哧溜哧溜"一个个跑回床底下的鼠洞里。小男孩放学回家，看着糖猫的碎屑发愣。"我的糖猫呢？谁看见我的糖猫了？"小男孩不停地问。没人回答他，床底下的老鼠挤成一团偷偷地笑。小男孩永远也不知道，在他上学期间家里发生了多么有趣的事情！

智慧的小牧童

　　从前，有一个叫汉斯的小牧童，可有智慧啦！你随便问他什么，他都能巧妙地回答上来。国王听说了，不相信，就把汉斯叫进宫去。"我只问你三个最简单的问题。"国王打量着小汉斯，发现他和别的孩子没什么两样。

　　"第一个问题是，请说一说世界上的海洋有多少滴水？"国王说。"要数清楚大海里的水有多少滴，你得先把所有的江河堵起来，因为江河里的水不断地涌进大海。"汉斯沉稳地应答。

　　这自然办不到，国王只好问第二个问题："第二个问题是，请你说说天上有多少颗星星？""这好办，就像海滩上的沙子一样多，陛下您派人数数就知道了。"汉斯从容地回答。派谁去数呢？国王摸摸胡须，想了想，谁也不合适，只得问最后一个"最简单"的问题："永恒的尽头在哪里？请你马上回答！""请您在您的广场中心建一座高高的金刚塔，每一百年派一只小鸟去啄，等世界上所有的小鸟都啄过了，金刚塔被啄完的时候，永恒的尽头就到了。"汉斯答道，那神情就像一位通晓世界奥妙的智者。

　　国王不得不承认，眼前这个牧童拥有超凡的智慧，就邀请他当宰相，共同管理国家。

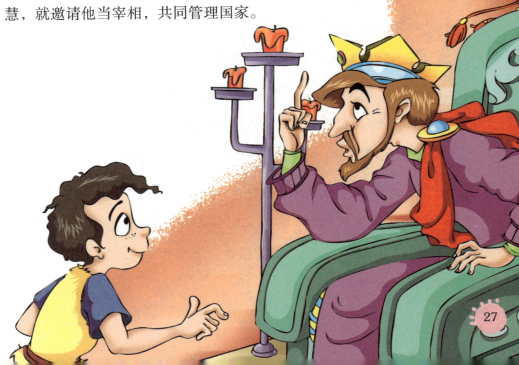

蜂蜜换鸡蛋

灰熊推着一辆小推车，沿路叫卖："换鸡蛋喽！蜂蜜换鸡蛋！"

"哟，是灰熊呀！"听见叫喊声，狐狸从路边的木房子里钻出来。它拦住小推车，闻了闻蜂蜜，说："好香甜的蜂蜜呀，怎么换？"

"这罐蜂蜜要换一筐鸡蛋。"灰熊瓮声瓮气地回答。

"好吧，你等着，我去取蛋来。"狐狸说罢，又钻进了木房子。

站在路边的灰熊，这时在心里悄悄地提醒自己："灰熊呀灰熊，人们都说狐狸狡猾，爱撒谎，爱骗人，和它做买卖，可得小心点儿……"灰熊正这么想着呢，狐狸就端着一筐蛋出来了。灰熊一看，咦！这蛋怎么有大有小？大的比南瓜还大，小的比核桃还小。没等灰熊开口，狐狸就说了："这大蛋嘛，是大鸡下的；小蛋嘛，是小鸡下的，没啥奇怪。"

"是没啥奇怪。"灰熊不好意思地说，"不过……"

"不过什么？"狐狸瞪了灰熊一眼说，"看样子你还是信不过我，是吧？你仔细看看，我像骗子吗？"

灰熊仔细一看，可不，狐狸系着白围裙，穿着红花袄，笑眯眯的，一点儿也不像骗子。

"好吧，换啦。"灰熊把一罐蜂蜜抱进狐狸的木房子，又把一筐鸡蛋装上了小推车。回到家里，灰熊把蛋放在热炕上，它想孵一群小鸡，办个养鸡场。

然而，奇怪的事情也随即而来。第一天，从蛋壳里钻出 10 只小乌龟，小乌龟离开灰熊家，顺着溪水游走了；第二天，从蛋壳里钻出 20 条小青蛇，小青蛇"哧溜哧溜"爬上山坡，钻进草丛不见了；第三天，从蛋壳里钻出 30 条小鳄鱼，鳄鱼"扑通扑通"跳进湖里，再也不露面了；第四天，最大也是最后的那个蛋裂开了，一只小鸵鸟站起来抖抖羽毛，对灰熊说："有空到沙漠去找我玩儿，再见！"说罢，迈开长腿跑了。望着满炕的空蛋壳，灰熊"扑哧"笑了，它自言自语地说："唉，我明明提醒过自己，怎么还是上当了？"

小乌龟的第一次空中旅行

一！二！三！走路很慢的乌龟，一路走，一路望着天空叹气说："啊，好羡慕能飞上天的野鸭子。我真想尝一尝空中旅行的滋味，哪怕只有一次也好！"

乌龟每次看到天空，就想到空中旅行的事。有一天，它看到一群野鸭在吃东西。看着，看着，乌龟忽然灵机一动，想到了一个好主意。乌龟走过去，笑眯眯地对一群正在吃东西的野鸭说："野鸭朋友，好久不见了。这么难吃的东西，你们怎么吃得下去呢？我每天在前面的一个池塘里吃肥嫩的泥鳅，好好吃哦！你们

30

想不想吃呢？"

"嘎嘎嘎！肥嫩的泥鳅？在哪个池塘？快告诉我们好吗？""好啊！这样吧，你们俩衔着这根棍子的两端飞，我吊在棍子上带你们去。""嗯，你很聪明，飞过去比较快，而且从天上才看得清楚池塘在哪儿。我们马上走吧。"

两只野鸭分别衔着棍子的一端，"扑"地飞上了天空，越飞越高，越飞越远。乌龟吊在棍子上，第一次从高空中看到地面，感觉好新奇，好兴奋！"乌龟先生，您说的池塘在哪儿呢？怎么飞了这么久，还看不见呢？"野鸭一边飞，一边奇怪地问。乌龟没有回答，野鸭以为飞得不够高，所以就往更高的高空飞去。

"乌龟先生，现在已经飞得这么高，该看得见那池塘在哪儿了吧？"乌龟飞得很过瘾。它想，差不多该结束这次空中旅行了。乌龟指着自己住的池塘，骗它们说："下面水光闪闪的地方，就是泥鳅池！"乌龟因为开口说话，"轰"的一声，就从高空掉下去了。

老鼠肚子里有只猫

　　从前，有一个机器动物王国。一只机器虎偷吃了鸡妈妈的一个鸡蛋，那鸡蛋在机器虎的肚子里变成了一只整天打鸣的机器小公鸡。机器虎一吼叫，发出的不再是威风凛凛的虎啸，而是"喔喔喔"的打鸣声，听起来特别滑稽。更奇怪的是，机器虎的性情也变了，变得胆小怕事，像一只小猫。从此，动物们再也不怕它了。

　　机器虎的好朋友机器鼠知道后，心里可难受了。它听说老母鸡还有一个微型的遥控器，只要有了它，机器虎就不会发出打鸣声了。于是，机器鼠提着一袋偷来的玉米来到了老母鸡家。

　　老母鸡特别讨厌机器鼠，就爱搭不理地说："机器鼠，你有什么事吗？"

　　"鸡大婶，你好。我家的电视坏了，想借你的遥控器回家修一修。"

32

老母鸡一听，电视机坏了，哪有用遥控器修的，肯定是机器鼠在打什么坏主意，就说："好吧，我这就给你拿，你先吃点儿花生米。"说着，老母鸡把盛有五粒花生米的小碟放在了机器鼠的面前。

机器鼠一见花生米，馋得口水直流，没一会儿就吃光了。

"喵呜！"怎么有猫叫？机器鼠吓得从椅子上跌了下来。

"喵呜！"机器鼠赶快藏到门后，想看看猫在哪里。

"喵呜！"这回机器鼠听清了，那猫竟然在自己的肚子里。

这时，老母鸡出来了，看见机器鼠吓得直哆嗦，它哈哈一笑说："出来吧，没安好心的老鼠。我那花生米里，有一个微型蜂鸣器，里边录的是猫叫声。你没安好心，想把遥控器送给机器虎。你看，这就是遥控器，能管机器虎肚子里的'鸡'，也能管你肚子里的'猫'。可是你永远也别想得到它。"

从此以后，机器鼠的肚子里就多了一只"猫"，机器鼠整天吓得没了魂儿似的东躲西藏。不管是白天还是晚上，猫叫声都跟着它，闹得它吃不下饭，睡不好觉。本来机器鼠想拯救机器虎，谁知却把自己也给搭上了。

小蟹与母蟹

　　小螃蟹和妈妈住在一个池塘的稀泥里。他走起路来，总是横着身子。起初，小螃蟹觉得这样走路实在太自然不过了，就跟身边的空气一样。

　　直到有一天，他的妈妈发现了更为优美的走路姿势时，他才变得烦恼起来。

　　故事是这样的：

　　一天，螃蟹妈妈和小螃蟹正在水里玩耍，看到鹿妈妈带着小鹿轻快地从岸边跑过。螃蟹妈妈羡慕地对小螃蟹说："孩子，他们走路的姿势太好看了。"小螃蟹吐了一个水泡泡，表示赞同。

不一会儿，一头大象也来喝水。螃蟹妈妈看着他矫健的步伐，对小螃蟹说："孩子，大象走路的姿势也很好看！"小螃蟹又吐了一个水泡泡，表示赞同。

紧接着，鸭妈妈带着小鸭子们来池塘游泳。螃蟹妈妈见他们总是直着划水前行，又对小螃蟹说："孩子，他们在水里游泳的姿势太好看了，你以后走路也不要横着走了。"

回到家，螃蟹妈妈又叮嘱小螃蟹："你以后千万别横着爬了，要像他们那样直着走路。"

小螃蟹回答道："妈妈，那请您亲自教我怎样直走吧！"可螃蟹妈妈根本不会直走，怎么可能去教自己的孩子直走呢？

小蜘蛛的铁鞋子

　　深秋的一个傍晚，小蜘蛛在树上织了一张网，乐悠悠地躺在里面乘凉。这个时候，树下传来一阵"嗒嗒嗒"的声音，小蜘蛛忙站起来，伸出头去看，原来是一匹小马驹正驮着一袋面粉从树下面经过。

　　小蜘蛛好奇地问："马哥哥，你走路的时候，为什么能发出那么好听的声音呢？"小马驹自豪地对小蜘蛛说："由于我们的脚经常和地面接触，所以磨损特别严重，因此主人就让我们穿上铁鞋子，保护我们的脚掌。哪像你光着脚丫，难看死了。"小马驹说完，又继续向前赶路去了。

　　小蜘蛛听了小马驹的话，也想买铁鞋子穿，变得和小马驹一样神气。于是，小蜘蛛跑回家，偷偷拿上自己的储钱罐，到商店选了几只带铁掌的鞋子穿上。

　　咦，走起路来，果然和小马驹一模一样，"嗒嗒嗒"的声音真好听。

　　当它爬上树枝，准备回到自己的网上时，发现已经有一只大苍蝇被网牢牢地粘住了，看来小蜘蛛今天又有美食吃了。它急忙跳进网里，向大苍蝇跑过去。可就在这时，小蜘蛛却被自己的网粘住了。它不知道发生了什么事情，大哭了起来。

　　妈妈急匆匆地赶来，把它从网上救下来。为什么小蜘蛛的网把自己粘住了呢？原来小蜘蛛穿上了鞋子后，脚上分泌的防粘液就起不了作用了，所以才会出现那样的情况啊。

都是蜂蜜惹的祸

秋天到了，森林里到处散落着从树上掉下来的果子。小蚂蚁和同伴一起去寻找食物。

小蚂蚁走着走着，闻到了一股甜味从远方飘来，它悄悄顺着气味的方向，跑了过去。小蚂蚁走啊走，很快找到了散发出甜味的地方。走近一看，原来是一小块蜂蜜，这可把小蚂蚁给乐坏了。它趴下身子，赶紧吃上一口。"呀，好甜啊！"小蚂蚁越吃越来劲儿，直到太阳快下山的时候，它才想起该回家了。

当小蚂蚁正要进入蚂蚁城堡的时候，却被卫兵拦住了，它们大声问："你是从哪里来的？"小蚂蚁一下子愣住了，它瞪大眼睛说："我是小蚂蚁啊，你们怎么不认识我了？"谁知卫兵根本不听它的话，

立即赶走了它。

小蚂蚁没办法，跑到一个小池塘边，伤心地哭了起来："我到底做错了什么啊，为什么同伴们不让我进门了？"小青蛙游过来，告诉小蚂蚁："每一群蚂蚁身上都有一种特殊的气味，如果你没有这种气味了，同伴们就会把你误认为敌人。"

小蚂蚁一听，这才明白过来：原来是自己身上的蜂蜜惹的祸。它谢过小青蛙后，连忙洗掉了身上的蜂蜜，这才回到了蚂蚁城堡。

离不开音乐的虫子

夏夜的草丛里，音乐响起来了。"叮叮咚咚……"
那是蟋蟀在弹琴呢。"蟋蟀真是伟大的音乐家啊！"住
在草丛里的昆虫们都这么说。

一只小青虫躲在草叶下一动也不动，它也在听蟋蟀演奏的音乐
呢。小青虫虽然长得不好看，但它爱音乐，爱得那么厉害。"唉……"
每当蟋蟀弹完一曲，小青虫都会发出一声轻轻的叹息，"太美了！"
美妙的音乐总会把小青虫带到一个美丽的梦境里。

可骄傲的蟋蟀不喜欢小青虫，可怜的小青虫只能躲在很远的地
方，偷偷地听，偷偷地流眼泪。有时候，它还会望着天空中的小星

星出神。小青虫躲在树叶底下，用茧子把自己包了起来。它想："藏在这里，蟋蟀就看不见我了。"

听着优美的音乐，小青虫睡着了。它做了一个美梦，梦见自己长出了一对可以跳舞的翅膀，随着美妙的音乐，在天空中翩翩起舞……夏天的夜晚真美啊！当小青虫醒来时，它发现自己真的变成了一只美丽的蝴蝶，就像梦里那样美丽。

蝴蝶从茧里飞出来，刚好被蟋蟀看到了。"真像个仙女啊！太漂亮了！"蟋蟀赞叹着。它还不知道，这只美丽的蝴蝶就是小青虫变的。

音乐融在月光里，在草丛里流淌。蝴蝶随着音乐，跳起了优美的舞蹈。

狼和驴

一只饿狼正在森林里找东西吃，忽然看到一头驴。"你来得正好，我正饿着呢！"狼高兴地说。驴子想跑，但已经来不及了，只得壮胆迎上去。驴说：

"你好，尊敬的狼先生！你要吃掉我，我当然乐意啦！但是只吃我一个哪里配得上你呢？求你先别吃我，让我带你到前方的村子里去抓更多的绵羊，足够你吃上一年！"

　　"有更多的绵羊？"狼一想到绵羊肉的细嫩滋味，口水都流出来了。

　　"还有那么远的路，多难走呀。""没关系，你可以骑到我的背上来。"驴说。驴这么一说，狼可高兴啦！狼跳到驴的背上，为了坐得稳，它用牙齿死死咬住驴的耳朵。

　　驴走啊走啊，朝一个村子走去。"喂，绵羊呢？我怎么没看见呀？"狼肚子饿了，着急地问。"你马上就要看见了，狼先生！"驴越走越快，过了一会儿，狼又问："绵羊呢？我快饿昏了。""狼先生，再忍耐一会儿，进了村子，有很多'绵羊'在欢迎你呢！"驴边说边加快了步伐。

　　到了村子，很多人在村口闲聊。"快来呀！狼进村了！"驴大声吼叫。村子里的人都恨狼，大家都跑出来了，有的拿着火药枪，有的拿着锄头，把狼打死了。

不要理发的小狮子

小狮子壮壮长得很健壮，脑袋大大的，腿儿粗粗的，爸爸妈妈很爱它。在壮壮刚学会跑的时候，它们就开始教它捕猎的本领，它很快学会了扑、抓、撕、咬等技能。

可是，小狮子壮壮有一个让爸爸妈妈头疼的毛病——讨厌理发。有好几次，爸爸妈妈带它到理发店，刚走到店门口，壮壮就一溜烟儿跑了。爸爸妈妈只好把理发用具买回家，准备亲自动手，可调皮的壮壮把理发用具藏到丛林里，谁也找不着。爸爸妈妈看着壮壮那

绺遮住眼睛的头发直叹气。

小狮子壮壮的头发长呀长呀，像一堆乱蓬蓬的野草，盖到了鼻梁上。有一天，小狮子壮壮独自在草原上游玩，遇见了一群羚羊。壮壮闻到羚羊的气味兴奋起来，悄悄地靠近了它们。羚羊听见响动，撒腿就跑，壮壮紧紧追上去。有几次追上了，猛扑过去，却每次都扑空——长长的头发耷拉下来，挡住了它的视线。

"讨厌的头发，我恨你！讨厌，真讨厌！"小狮子壮壮甩着头气得直骂。

羚羊们吃惊地转身看壮壮，发现了它老是抓不住自己的可笑的秘密，就故意捉弄起壮壮来。羚羊们跑"之"字路线，与壮壮兜圈子，害得小狮子壮壮一次次扑空。

小狮子壮壮又气又累，趴在地上直喘气。羚羊们乘机抓住了壮壮，把它捆了个结结实实，还剪去它利爪上的指甲，唱歌奚落它。壮壮羞愧极了，真想找个地缝儿钻进去。

蝶妻

　　渔夫荷得一个人坐在火炉旁。就要吃完晚饭了，他把碗搁在一边，伸手烤火取暖。荷得没有妻子，他每天晚上都在炉火旁消磨时光。他久久地一动也不动地坐着，差不多打起瞌睡来。忽然，他听到一阵轻轻拍击玻璃窗的声音。荷得抬头一看，是一只白蝴蝶。

　　他站起来，打开窗户。白蝴蝶飞进房间，飞向天花板。渔夫荷得点起了油灯，灯光一亮，白蝴蝶就在灯光周围盘旋，烧伤了翅膀，跌落在地，变成一个身穿白衣的姑娘。她的白衣服上有个烧烂的洞。

　　"你是谁？"渔夫荷得惊奇地问。

　　"我是白蝴蝶。你想让我当你的妻子吗？"姑娘的回答让荷得喜从天降。于是，他娶了白蝴蝶。

　　荷得发现妻子喜欢靠近油灯，但油灯的火苗会灼伤她。于是，他在晚上从来不点油灯。每天晚上，他们在炉火旁一起坐着取暖。他们在一起非常幸福。

　　有一天傍晚，渔夫多年不见的朋友来看望他。

　　"屋里光线太暗了！"朋友边说边点亮了屋角很久没用的油灯。

　　"快！快！熄灭它。"荷得大声说。

　　可是已经来不及了。他的妻子已不由自主地靠近油灯，伸出双手，碰着了火焰。"啊——"她惨叫一声，倒在地上，她的身体开始缩小，变成了白蝴蝶，飞出窗外，飞进夜的黑幕里。荷得追了出去，使劲呼唤她的名字。

　　天亮了。渔夫荷得在很远的蔷薇花丛中看到一只白蝴蝶，它已经死了，晨风吹着它残破的翅膀。荷得很伤心，后悔没有保护好白蝴蝶。

刺猬凳子

　　小猴越来越任性了，有时候还欺负小动物：它拖着小白兔的长耳朵让它学爬树，又把小胖猪当足球踢，还骑在小山羊背上把山羊当马骑……大家都躲着它。

　　有一天，小猴在树林里找小动物玩——其实是折磨人家找乐子。找了半天，一个影儿也不见，好不容易才

看到一只小刺猬，那小刺猬正缩成球状睡午觉。

　　树林里静悄悄的，小刺猬睡得安宁而香甜。小猴蹑手蹑脚地靠近小刺猬，嘴巴凑到它耳边。

　　"喂，不许睡，陪我玩。"小猴霸道地吵醒了刺猬。

　　"拜托，别打扰我。"刺猬告饶道。

　　"我就要吵醒你。再不陪我玩，看我不把你当凳子坐才怪！"小猴威胁小刺猬说。

　　"来呀，我很乐意！"小刺猬早就听说过小猴的种种劣行，正想教训教训它。

　　"哎哟，痛死我了！"小猴刚坐下去，小刺猬身上的刺就刺得它哇啦哇啦惨叫。小猴抱着红屁股逃跑了。

　　从那以后，小猴再也不欺负小动物了，而它的屁股一直都是红红的。

金蛋

　　从前，有一只能干的母鸡，每天都要下蛋，供应给老头儿和老婆婆做蛋糕。

　　这天一大早，老婆婆到鸡窝去捡蛋，蛋沉甸甸的，金灿灿的，和往常不一样。老婆婆仔细一看，哇，不得了，是个金蛋！

　　"我们家的母鸡下了个金蛋！"老婆婆高兴地告诉老头儿，两个老人笑得合不拢嘴。他们笑着笑着就想开了："带着金蛋赶集去，卖了换成钱，然后买房子，买马车……"

　　那只母鸡好像知道他们的心思似的，每天早晨都要下一个金蛋。两个老人凑够了十个金蛋，赶集时卖了许多钱，然后修了大房子，

买了马车、牛羊……原本很穷的他们，变得富有了。然而，他们还想拥有更多的金蛋，而且想一下子拥有。

"它每天都生下一个金蛋，那么它的肚子里一定有很多金子吧！"老头儿对老婆婆说。

"嗯，我们赶快动手，杀鸡取蛋！"老婆婆觉得老头儿有道理。

于是，老头儿就把母鸡杀了，可是母鸡肚子里却没有金子。他们后悔极了：母鸡死了，不仅没了金蛋，连做蛋糕用的鸡蛋也没有了。

"我们的贪心害惨了我们，再也找不到会下金蛋的母鸡了。"两个老人逢人便说。

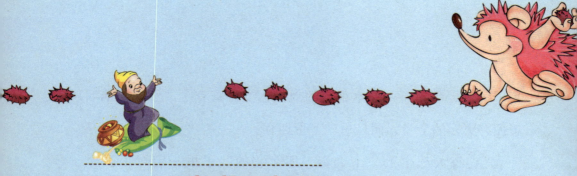

老虎和刺猬

　　一只凶猛的老虎在山中找吃的，忽然，它发现一只刺猬，张口就咬。刺猬迅速地缩成一团，身上的刺正好伤了老虎的嘴巴，疼得老虎哇哇大叫："你是什么家伙？胆敢来扎我的嘴巴！""我叫刺猬，认清楚了，今后别想再来碰我！"刺猬趁机教训老虎。老虎捂着嘴转身就跑，跑出好远好远才镇静下来，趴在一棵橡树下休息。

　　风一吹，橡树下落满了多刺的橡子，老虎看见了，吓得浑身发抖。它把这些橡子当成了刚才刺疼它的刺猬的孩子，赶忙恭恭敬敬地对橡子说："孩子们，刚才我遇见了你们的爸爸，他老人家已经教

训了我，我知错了，再也不敢
把你们当点心了。请孩子们给
我让让路吧！"

更多的橡子吹落下来，老
虎吓破了胆，它四肢打颤，跪
在地上，连连求饶："饶了我
吧，勇敢的孩子们，饶了我这
样一只知错就改的老虎吧！"

老虎见这些橡子没说什
么，急急忙忙逃走了。

北斗星

村子里好久没下雨了。小河里没水了，水井也干涸了。

有一个叫伊娃的小姑娘，她的妈妈生病了，头疼发高烧，不停地说："水，水，我要喝水！"

家里的水缸早就没水了。为了生病的妈妈，伊娃带着水瓢出门找水。走啊走，天渐渐暗了下来。伊娃又累又饿，靠在一棵树下睡着了。等她醒来，发现了一件奇怪的事：空空的水瓢里装满了清清的泉水。

伊娃多想喝一点儿啊！可是想到生病的妈妈，她忍住了。在路上遇见一只瘦弱的小猫，伊娃给它喂了点儿水。一眨眼，木头做的水瓢变成了银水瓢，银水瓢照亮了小姑娘回家的路。

回家了，伊娃赶忙捧着水瓢给妈妈喝水。

"我从来没有喝过这么甘甜的泉水！"妈妈的话还没说完，银水瓢变成了金水瓢。

"咚咚……"有人敲门，门开了。一位白胡须的老爷爷走进来说："请给我喝点儿水吧！"伊娃把金水瓢捧给老爷爷。一眨眼，伊娃看见水瓢里跳出七颗闪闪发光的钻石，一种神奇的力量把钻石带到了天上，变成美丽的北斗星。伊娃家的金水瓢从此一直装满了水，喝也喝不完。

小狗当家

好壮实的狗爸爸病了！狗妈妈对小狗丑丑说："爸爸生病了，丑丑要听话，让爸爸好好休息。"

丑丑悄悄地趴在爸爸床边，想去亲亲爸爸，爸爸小声对丑丑说："爸爸病了，病毒会传染给你的。"丑丑摸着爸爸像烤牛排一样烫的额头，想起自己生病的时候妈妈照顾自己的情景。他赶紧跑到厨房，倒了一大杯水放在爸爸身边，又从冰箱里拿了一大块冰用毛巾包

好，放在爸爸额头上，然后，丑丑端着自己的小尿盆放在爸爸床前，学着妈妈的样子说："多喝水，多尿尿，病就会好啦！"爸爸笑着说："丑丑真乖。"

爸爸开始退烧了，额头沁出汗来。丑丑想，每当他出汗的时候，妈妈都拧干一块热毛巾给他擦汗，于是，他学着妈妈的样子，拧干了一条小毛巾，爬上爸爸的床，轻轻地给爸爸擦去细细的汗珠。

丑丑守着爸爸，看着爸爸睡着了。

丑丑想起每天都是爸爸给大家取牛奶、拿报纸，丑丑就吃力地背上背篓去取牛奶、拿报纸，累得满头大汗。丑丑又想起每天晚上都是爸爸给大家巡逻站岗，就坚持站在大门口。

第二天，爸爸病好了，爸爸想起丑丑的细心照顾，对妈妈说："我们的孩子懂事了。"

老病号鼠妞

　　鼠妞，可是个老病号了。听鼠妈妈说，她不到一岁就患了哮喘，每年春天和冬天都要犯病。因为有病，鼠妞整天待在家里看电视、玩玩具，所以她很孤独，没有朋友。楼下的小朋友打雪仗、堆雪人，她只能眼巴巴地看着，那真叫眼馋。三岁那年鼠妞上幼儿园了，一下子有了那么多好朋友，鼠妞高兴极了。鼠妞很聪明，在幼儿园很受老师喜爱，同学们特羡慕她，因此她特别愿意上幼儿园。她生病的时候，只要能起床，她都想上幼儿园。

　　可是鼠妈妈和鼠奶奶想的不一样，鼠妈妈是担心鼠妞的身体，鼠奶奶是怕给老师添麻烦。鼠奶奶常说："生病了就在家待着，别到幼儿园给老师添乱。"所以鼠妞每次生病，就不能上幼儿园了。鼠妞觉得她们都不理解自己，幼儿园有那么多的朋友，那么多好玩的游戏，在家里太寂寞了。有一次鼠妞生病的时候，自己忍着去上幼儿园了，结果犯了很严重的哮喘，被送到医院抢救，可把鼠妈妈和鼠奶奶吓坏了。鼠妞醒来后，老老实实地告诉妈妈和奶奶："其实前几天我就有感觉，怕你们不让我上幼儿园，就没告诉妈妈。我知道撒谎的孩子不是好孩子，但我太喜欢幼儿园、喜欢小朋友了。"鼠妈妈说："喜欢上幼儿园是件好事，但你生病的时候不能瞒着妈妈。"鼠妞使劲儿点点头，鼠妈妈说："鼠妞真是个听话的好孩子。"

麻袋的遭遇

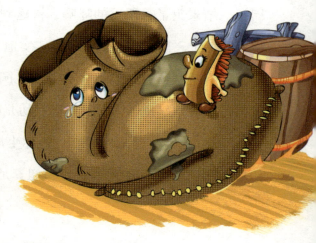

　　在一户穷人家里，有一条麻袋。它经常在夜深人静的时候，默默流泪。因为它的主人老用它来擦鞋子上的泥土，把它弄得脏兮兮的。

　　一天深夜，麻袋又悄悄哭了起来。它的好朋友小刷子听到了，忙过去安慰它说："麻袋兄弟，不要哭了，会慢慢好起来的！"说完，小刷子就在麻袋身上来回地刷起来，为麻袋除去了泥土。麻袋的心情这才稍微好了一点儿。

　　终于有一天，麻袋的生活发生了变化。主人在山林里挖到了宝藏，带回来好多珠宝和金币。家里所有的容器都装不完，主人为麻

袋洗了一个澡，将剩下的金币全放了进去，整天抱着麻袋睡觉，担心它一不留神飞走了。从此，改变了命运的麻袋就再也不哭泣了。渐渐地，高高在上的麻袋开始变得骄傲起来，疏远了其他伙伴。一天，小刷子跑去看望它，麻袋却嫌小刷子太脏，翻着眼儿不搭理人家，把小刷子都气哭了。

可好景儿不长，麻袋的主人有了钱后，就染上了赌博的恶习，很快把麻袋里的金币输光了。不久，主人破产了，又过起了原来贫穷的生活，而麻袋还是继续被主人拿去擦鞋上的泥土。当麻袋去找小刷子诉说自己的苦闷时，小刷子也不再理睬它了，就像当初它对待小刷子一样。

麻袋低着头，后悔自己当时不应该那么骄傲。

土豆房子

　　小兔罗卡家的萝卜丰收了！兔爸爸带着兔宝宝去地里拔萝卜。拔萝卜的这一天注定很不平常。清晨，兔爸爸和小兔罗卡一出门，天就晴得透亮，两只小黄鹂绕着兔爸爸和小兔罗卡飞来飞去，欢快地唱着歌。兔爸爸带着兔宝宝拔萝卜了。拔呀拔，不一会儿，萝卜堆得像座红红绿绿的小山，真好看！神奇的事就发生在小兔罗卡拔最后一个萝卜的时候——当最后一个萝卜被拔出来时，萝卜坑里露出一个土头土脑的东西。罗卡一看，是土豆。

　　"快来看呀，有一个大大大大的土豆！"罗卡连说了四个"大"字，高声叫爸爸。

　　　　　　　　　　　　兔爸爸带着兔宝宝挖土豆。挖了大半天，土豆终于被挖出来了。嗬，好大

的土豆！罗卡绕着土豆跑，出了一身汗才跑完一圈。

"我们兔子从来不吃土豆，拿来干吗？"兔爸爸催兔宝宝快回家。

小兔罗卡是只爱幻想的兔子，爸爸这一问，它的脑袋里冒出个有趣的想法：造个土豆房子！世界上最特别的房子。

于是，兔爸爸带着兔宝宝造起了土豆房子。它们分别挖空土豆中央，大房间爸爸妈妈住，小房间罗卡住。开两扇窗子，用绿色的萝卜缨做窗帘；开个可推拉的天窗，下雨时关上，天晴时白天让阳光洒进屋来，晚上躺在床上数星星。

当天上的星星向它们眨着惊奇的眼睛时，土豆房子造好了。兔爸爸和罗卡开心地唱起歌来，一个声音粗一个声音细："大土豆大，小土豆小，我家的土豆可造房。房子高，房子大，我家的房子真漂亮！"

罗卡说："爸爸，把我们的家搬到这儿来吧！我们家的兔子窝一点儿都不安全，狐狸总在附近转悠，想打我们的坏主意。土豆房子冬天暖暖的，夏天凉凉的，还可以看守我们家的萝卜地。狐狸不会来袭击土豆房子的，这个坏东西吃一点儿土豆就要拉肚子。"就这样，罗卡一家住进了土豆房里，过得更舒心了。

喜欢绿色的小胖熊

　　从前，有一只爱画画的小胖熊，整天画啊画，画只小鸟天空飞，画条小鱼水中游。每次画画前，小胖熊都要把颜料桶排成一排，红色、蓝色、黄色、紫色、褐色……颜色队伍排得长长的。

　　什么颜色都有，就是没有绿色。小胖熊多想有桶绿色啊！因为树叶是绿色的，草坡是绿色的，远处的小岛是绿色的……大自然中很多景色都是绿色的。没有绿色，好多美丽的画都没法完成。

　　每天晚上，小胖熊都要梦见绿色，梦见自己在绿色的森林里走啊走，有许多装满绿色颜料的小桶和蘸着绿颜色的画笔在列队欢迎它，还围着它跳舞唱歌呢："绿色在哪里呀？

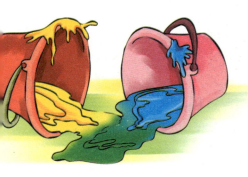

绿色在哪里？绿色在小胖熊的眼睛里。这里有绿草呀，这里有绿树，还有一支会跳舞的小画笔。"

梦醒了，还是没有绿色。我什么时候才能有自己的绿色？小熊在一排颜色桶前转来转去，脑袋里老想这个问题。

"哗——""哗——"，小胖熊不小心把装满蓝颜色的桶和黄颜色的桶打翻啦！它赶紧跳到一边。咦，绿色出现了！就在蓝颜色和黄颜色混合的地方，出现了绿颜色。哦，蓝色＋黄色＝绿色。原来，绿色就藏在蓝色和黄色中间。真是太神奇啦！

小胖熊激动地用笔蘸起绿色，画片草原马儿跑，画个小岛鲜花开……最后，小胖熊画出梦中的森林，森林中有许多可爱的绿精灵在唱歌跳舞。它把自己画成了绿色，一个绿色的小胖熊在开心地笑。

人与熊的较量

有一个人在森林里砍柴，遇见一只身体壮实的大黑熊。

"嘿，你敢和我较量较量吗？"大黑熊一来就向砍柴人挑战。

砍柴人看了一眼熊，暗暗地想："好一个庞大的家伙！只要它用爪子拍我一下，我就没命了。怎么敢和它较量呢？一定得想个聪明的办法。"

砍柴人知道黑熊是一种很好强的动物。"哈哈！"砍柴人鼓足勇气迎接挑战，"你要和我较量吗？让我先看看你是否有力气再说吧。"

"肯定我的力气大。看看我这一身肌肉，一身黑毛，还用比试吗？"黑熊轻蔑地说。

"不一定，身高力强者不一定力气大。"砍柴人说。

"你怎么看得出来？"黑熊问道。砍柴人拿起斧头，在树桩上砍条口子，在裂缝处嵌进一个楔子，说："你要是用爪子将这个树桩撕裂，就说明你有力气。证明了你有力气后，我才与你较量。"

"好吧！"黑熊想了想，将爪子插入树桩的裂缝处，用尽力气想撕裂树桩。砍柴人连忙用斧背对准楔子狠狠地敲了一下，楔子跳了出来，树桩的裂缝紧紧夹住黑熊的爪子，黑熊疼得一阵嗥叫，怎么也拔不出爪子。

"来呀，和我较量较量吧！"砍柴人说，"记住，较量不是靠力气，而是靠智慧。再见了，亲爱的熊先生！"

砍柴人留下爪子夹在树桩里的大黑熊，扛着斧头，吹着口哨扬长而去。

钻石去哪里了

有一只漂亮的大公鸡正在野外找东西吃，当它路过一座废弃的矿山时，突然看到一块亮晶晶的石块从岩壁上掉了下来。大公鸡急忙跑过去看。

"哇，是钻石。"大公鸡乐坏了，它赶紧将钻石带回家，决定明天把钻石拿到首饰店里卖掉，再买一些自己最喜欢吃的东西。

第二天，大公鸡将钻石叼在嘴里，一蹦一跳地往城里走去。一条小河挡住了它的去路，大公鸡不会游泳，只能望着对岸的小镇干着急。这时，一只小鹅缓缓地游了过来，它看到大公鸡一脸着急，就热心地问道："你是不是想过河啊？我帮你吧。"大公鸡忙点了点头，跳到了小鹅的背上。当它们来到河中央的时候，小鹅好奇地问起了大公鸡："能告诉我，你去小镇干什么吗？"

大公鸡听了，得意地张开了嘴巴，说："昨天我得到了一颗钻石，想去城里卖掉，然后再买好多好多好吃的，还有大房子……""哇，太棒了，那你能帮我实现一个梦想吗？"

"当然可以，如果没有你的帮助，我就过不了河。""我想要一袋稻子，送给妈妈。"大公鸡听了小鹅的愿望，愉快地答应了。

不一会儿，大公鸡就到了对岸，它和小鹅说了"再见"，直奔小猴子开的首饰店。可就在大公鸡准备拿出钻石给小猴子的时候，却发现钻石不见了。

原来，大公鸡只顾着和小鹅说话，一不小心把钻石掉进河里了。瞧，亮晶晶的钻石正躺在河里呢。

挨饿的老鼠

　　有这么一只懒惰的小老鼠，白天躲在洞里睡大觉，晚上就去拾别人散落在田里的粮食吃。

　　冬天到了，大地上覆盖了一层白白的雪。小老鼠在田里再也找不到粮食吃了，只能靠一些粗糙的树皮充饥。每当看到其他小动物在暖烘烘的家里吃着秋天积累下的食物时，肚子"咕噜咕噜"叫的小老鼠只能伤心地哭。熊婆婆听到小老鼠的哭声，送给它一袋玉米种子和一些过冬的食物，并叮嘱它来年春天自己种玉米吃。

　　等呀等，春天终于来了。小老鼠早早儿起了床，来到一块空地上，撒下熊婆婆给的玉米种子，并天天为玉米种子祈祷，希望它们快快长大。

　　到了夏天，小老鼠看到隔壁的小白兔在收获大白菜，心里就想："大白菜又嫩又脆，一定比玉米好吃。"于是，小老鼠拔掉玉米秆，种上了从小白兔那里要来的白菜种子。

　　到了秋天，小老鼠看到小猴子在收获大柿子，心里又想："大柿子又香又甜，一定比大白菜好吃。"于是，它忙将大白菜从地里拔出来，又从小猴子那里要来一颗柿子种子种上。

　　可没种几天，寒风就刮了起来，冬天又快到了。小老鼠等了一天又一天，就是不见柿子种子发芽。看来，这一年小老鼠又得挨饿了，它无奈地望着天空中的雪花，苦苦等待明年春天的到来。

不听话的蚂蚁

大树下有一个蚂蚁洞。"贝贝，雷雨马上就要来了，乖乖待在家里，不许到处乱跑！"哥哥说完，就和其他蚂蚁出了洞穴。

贝贝的肚子饿了，可是哥哥还没回来，它什么时候才会回来呢？"要是能吃上一口浆果就好了！"贝贝忘记了哥哥的嘱咐，向山谷里的浆果园走去。这时，乌云将太阳包裹了起来，天色一下子暗下来，还不时地传来"轰隆隆"的雷声。还没有走到浆果园，贝贝就迷路了。它大声呼叫着哥哥，可山谷里除了回声，什么声音也没有。"贝贝！你在哪里啊？"哥哥回来以后，发现贝贝不见了，它赶紧找来几个同伴，和自己一起往山谷的方向找去。

　　很快，暴雨哗啦啦地落了下来，就像猛兽一样从四面八方汇聚过来，很快将路面淹没了。惊慌失措的贝贝连忙爬上一棵小草的顶端，在风雨中不停地发抖。"哥哥，我在这里！"贝贝似乎听到了哥哥焦急的叫声，于是大声喊叫。不一会儿，哥哥和其他蚂蚁就顺着贝贝的声音赶来了。"贝贝，别着急，我马上就来救你！"眼看小草就要被雨水淹没了，哥哥在岸边大声地叫着。它带领着蚂蚁们将一条藤蔓用力甩了出去，正好缠在对岸的小草上。然后，哥哥急忙跳上一根枯木枝，手拉着藤蔓渡了过去，贝贝终于被救了出来。贝贝为自己的任性感到非常抱歉，不过哥哥很快就原谅了它。

小象的长鼻子

从前，有一只小象，总喜欢在小伙伴面前展示自己的长鼻子，还经常搞一些恶作剧。

一天，一群小伙伴围坐在草地上，轮流讲故事。小象见了，忙跑到池塘边，吸了一鼻子水，悄悄地躲在一棵大树后，趁大家不注意的时候，把水向小伙伴们喷了过去。"咦，怎么下起雨来了啊？"小动物们忙跑到树下躲雨。小象见大家上当了，大笑了起来："哈哈，这不是下雨，是我的鼻子在喷水呢。"小动物们听了，都非常生气。小白兔哭着说："小象，你赔我的新衣服，我第一次穿就被你搞脏了。"从此，小动物们再也不和小象玩了。

　　小象没了朋友，委屈极了，就问妈妈："为什么小动物们都不愿意和我玩呢？是不是它们在嫉妒我的长鼻子啊？"妈妈说："你看，妈妈也有长鼻子啊，为什么它们不嫉妒我呢？"小象摇了摇头。

　　"你用长鼻子搞恶作剧，小朋友们都怕你了！"小象听了妈妈的话，立即承认了自己的错误，说："妈妈，我再也不搞恶作剧了。"

　　一天，小象看到小白兔种的白菜地里干干的，就用长鼻子帮它浇水，救活了大白菜。小白兔非常感激小象。有一次，小马家的粮仓着了火，小象赶去帮助灭火，保住了小马家的粮食。

　　渐渐地，小象成了一个用长鼻子来帮助别人的好孩子，小动物们又开始和它一起玩了。

驼峰的用处

小骆驼和妈妈刚从沙漠回来，它跑到小河边，又是喝水又是洗澡，还对着水面打扮呢！

一匹小马跑过来冲小

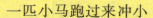

骆驼嚷道："背上长着两个难看的大肉团，还好意思打扮自己呀？"小骆驼听后，并没有生气，而是平静地说："你肯定没去过沙漠吧，我这两个大肉团，在沙漠里可是很有用的呢！"小马听了，嘲笑说："哼，难看就是难看，还撒谎！"小骆驼有点儿生气了，昂着头说："那你敢和我一起去沙漠吗？"

"沙漠有什么好怕的啊，不就是沙子和风吗？去就去，难道我还怕你不成！"于是，小马就跟着小骆驼来到了一望无际的沙漠。

刚开始，小马并不觉得可怕。它饿了就吃旁边的仙人掌，还不停地唠叨，说小骆驼是个说谎的丑八怪。小骆驼只管走路，没有理睬它。

慢慢地，它们走进了沙漠的中心。这里除了沙子和一两具动物的白骨外，再也没有其他东西了。小马再也没有力气唠叨了，它吐着舌头对小骆驼说："老兄，你怎么不渴啊？"小骆驼这才笑着告诉它："这多亏了我背上的两个大肉团，它们为我储存着很多食物和水，所以我们才有了耐渴的本领。"小马这才知道自己错了，红着脸向小骆驼认了错。

　　小骆驼呢，只是温和地笑了笑，领着小马走出了沙漠。

黑云和白云

　　天空中的一朵白云和一朵黑云相遇了。黑云主动向白云打招呼："嘿，白云哥哥，最近你还好吗？"白云斜着眼睛，很不客气地回答说："你这个丑八怪，我可不是你什么哥哥，快走开！"

　　黑云委屈地哭了，问白云："你为什么这样讨厌我啊？"白云说："你走到哪里，雨就下到哪里，把大地弄得湿乎乎的，还不够讨厌吗？再看看我，诗人总说我'洁白如雪'，孩子们都说我'像朵朵棉花糖'。而你呢，人们经常用'乌云密布'来吓唬小孩儿……"

　　黑云听了，向白云解释道："可我必须给大地降雨，生灵们才有水喝啊！"

　　白云不以为然地说："生灵们喝的水都是由河流供应的，谁在乎你这点儿雨水啊？你别臭美了！"黑云说不过白云，随着一阵风飘走了。

由于没有黑云的降雨，大地开始裂出一道道大口子，小河也干涸了，森林里的动物们都去寻找有水的地方。白云这才知道不起眼的黑云原来有那么大的本事，忙跑到黑云家向黑云道歉，希望它能给大地带去雨水，救救生灵。

黑云看到白云理解了自己，高兴地和它回到了天空，及时为大地送去了雨水。大地又恢复了欣欣向荣的面貌。

从这以后，白云和黑云便成了一对好兄弟，轮流照看着大地。

小猫捉害虫

　　小猫是一个热心肠，朋友有事来找它，它总会全力帮助。一天傍晚，小猫正在菜园里散步，突然听到大豆和茄子的哭喊声："小猫，快来帮我们捉害虫吧，我们的新衣服都快被它们吃光了！"

　　小猫连忙跑过去，看到一只小瓢虫正趴在茄子的叶子上，便伸出爪子，将小瓢虫打了下来。"哎呀，你为什么打我啊？"小瓢虫坐在地上，委屈地哭了。小猫见了，大声地问道："你这个坏东西，为什么弄坏人家的新衣服？""我没有啊，我正在为茄子捉蚜虫呢！"

小猫指着小瓢虫，问茄子："茄子，你说的坏蛋是不是它？"

茄子连忙摆手说："这是七星瓢虫，是我们的好朋友啊！"小猫一听，忙把小瓢虫扶了起来，连说了几声"对不起"。

小瓢虫揉了揉摔疼的胳膊，对小猫说："你要抓的是二十八星瓢虫，这家伙背上有二十八颗白点，最喜欢干坏事了。"

小猫下定决心，明天一定要把那个坏家伙抓到。第二天，小猫一进菜园，就看到一只瓢虫正趴在大豆的身上。为了避免误伤，小猫认真地数了数瓢虫背上的白点："一、二、三……二十八。"

"哼，看你这个坏蛋哪里跑！"小猫挥起爪子，一巴掌就把二十八星瓢虫打死了。茄子和大豆见了，连连拍手叫好。这样，菜园里又恢复了往日的宁静。

小狐狸的围巾

下雪了。小狐狸枝子从来没见过雪，因为它是夏天出生的。

小狐狸的妈妈一下子就生了五个小宝宝，实在没法照顾。妈妈每天出门为孩子们寻找食物时，前一年出生的大女儿阿权就留在窝里，细心地照顾着五个弟弟妹妹。

这一天，妈妈刚出门，淘气的枝子就悄悄地跟了出去。姐姐没有发觉，她太累了，正抱着其他的弟弟、妹妹睡觉呢。枝子来到洞口，伸出脑袋好奇地打探着外面的世界。它惊讶地发现整个世界全是白的，天空还一直在纷纷扬扬地飘着鹅毛一样的东西。

枝子看见一个女人带着一个孩子从山脚那边走了过来，孩子笑着对妈妈说："这么大的雪，真冷呀！"

　　原来这是"雪"呀，枝子终于明白了。妈妈亲了亲孩子，回答说："宝贝儿，你冷吗？"然后她温柔地把脖子上的围巾摘了下来，戴在孩子的脖子上。孩子摸着围巾，幸福地笑了起来。

　　枝子也觉得冷了起来，于是悄悄地跑回家，叫醒了姐姐，很委屈地问："为什么我没有围巾呢？"

　　姐姐阿权把枝子的尾巴缠在它的脖子上，笑着回答："这就是你的围巾呀！"

　　枝子摸着自己的"围巾"笑了。

寻找小妹妹

　　天黑了，河边有一颗很小很小的亮点忽上忽下地飞着，那是萤火虫哥哥提着小灯笼在寻找萤火虫小妹妹呢。它从河东飞到河西，一边飞一边找。

　　树枝上的蝴蝶妹妹看见了萤火虫哥哥，问道："萤火虫啊，你找谁？"

　　"我的小妹妹不见了！"这时，一只萤火虫飞过，蝴蝶妹妹非常热心地说："那是你的小妹妹吗？""不是不是，在半空中飞的萤火虫都是男生！"萤火虫哥哥说。

　　萤火虫哥哥飞到一棵大槐树前，停在树叶上休息的蜻蜓问："萤火虫呀，你找谁？"

　　"蜻蜓大婶，你看见我的小妹妹了吗？它不见了！"

　　蜻蜓看见天空中有一道亮光划过，它急忙指着亮光说："那是不是你的小妹妹呀？"

　　萤火虫哥哥摇摇头，失望地说："不是不是，那是一颗小流星。"

　　一旁的小松鼠听见了，指着前面说："那里亮着的地方，是不是有你的妹妹呢？"萤火虫哥哥摆摆翅膀说："不是不是，那是小镇上亮着的灯光，不是我的小妹妹。"

　　萤火虫哥哥沿着河边飞呀飞，草丛里忽然闪出星星般耀眼的亮光，呀，是萤火虫小妹妹！

　　萤火虫哥哥急忙飞过去，它终于找到小妹妹了。河边传来的它们的笑声，在夜空里飘得越来越远……

诚实的樵夫

有一个贫穷的樵夫，靠砍柴来养家糊口。一天，他花了大半天砍了一捆柴。过河的时候，因为背上的柴太重了，他不小心把斧头滑进了河里。

"这可怎么办呀？"樵夫着急地说，"这把斧子可是我的宝贝，全靠它养活我的老婆和三个孩子。"他的话刚说完，河面上冒起雪白的水花，水花里站着一个仙女，手里拿着一把银斧头。

"这是你掉的斧头吗？"仙女轻声问。"不是，这不是我的斧头。"樵夫老老实实地说。

仙女一下子钻到水里不见了，一会儿又从水里冒出来，手里拿着一把金斧头。

"这把该是你的吧？"仙女说。"不是，我的是把铁斧头。"樵夫依然老老实实地回答。

仙女再一次钻到水中。当她浮出水面时，她的手里拿着一把铁斧头。"这把是我的，谢谢你，好心的仙女。"樵夫笑了，接过斧头连忙感谢美丽的仙女。

"诚实的人应该得到加倍的报偿。这两把金银斧头赠送给你，这些是你该得到的礼物，请收下吧！"仙女说完就不见了。

那天傍晚，樵夫扛着三把斧头回家了。后来，他把金斧头和银斧头卖了，换回了一头牛和一群羊，盖了一座房子，不再贫穷了。

小水牛得救了

有个美丽的村子坐落在山脚下，青草抱着山冈，鲜花在风中微笑，空气中弥漫着甜甜的葡萄香味。村里的小水牛悄悄跑出家门，东看看，西闻闻，来到水井边。

"咦？这里面怎么也有头小水牛？"小水牛笑一笑，它也笑一笑；小水牛头一歪，它也头一歪。"你是谁呀？你怎么长得和我一样呢？"小水牛身子朝下一探，"咕咚"掉下去了。

水井有两米多深，小水牛爬不上来，哞哞直叫，小蜻蜓赶紧给水牛大婶报信去了。大家都很着急，为了救小水牛，想了不少办法。山羊伯伯说："下去把它拉上来。"可是怎么拉呢？谁也说不明白，兔妈妈说："用绳子套。"大伙试了一下，根本套不住，还吓得小水牛乱跳乱撞，急得水牛大婶直掉泪。

　　"你会踩水吗？"井边的小蜗牛细声细气地问。

　　"我是水牛，当然会啦！"井里水牛的说话声有点儿回声。

　　"有办法了！"小蜗牛兴奋地说。它把猴爷爷找来了，猴爷爷拿着烟袋，略一思忖，告诉大家不要慌，快回家打水，把水灌进井里。大家伙儿你挑水我端盆，连小蜗牛也端来了它的漱口杯，井里的水越来越多，小水牛浮了上来。在大家的欢呼声中，小水牛和妈妈紧紧地搂在了一起。

小蚂蚁回家

一只小蚂蚁在路上走呀走呀，一只小手把它捉了起来，放在了一片树叶上。树叶被放在了小河里，小蚂蚁在树叶做成的小船上漂呀漂。

风推着小船，离河岸越来越远了。周围涌着高高的水浪，广阔的河面在小蚂蚁的眼睛里，就是一望无际的大海。

风吹着小船，像是一定要吹翻它；浪拍打着小船，像是一定要把它沉到深深的河底去。小蚂蚁害怕极了，它紧紧地抓住树叶，生怕掉到河里去。

　　"妈妈，你在哪里呀？"小蚂蚁想起了自己的家，想起了小伙伴，不知道以后还能不能再见到它们。

　　一个浪花打来，小蚂蚁被推到了河中。为了不沉下去，它拼命地蹬着自己的小脚丫。

　　小蚂蚁和翻了的小船一起漂流着，一直漂到了一处陌生的岸边。小蚂蚁累得都快散架了，它休息了好一会儿，才慢慢地爬到了树荫下。

　　现在，小蚂蚁觉得自己能够活着，真的是很幸运呢！它吃了一颗大麦粒，终于有了精神。它告诉自己："不管路程有多么艰难，我一定要回家！"凭借着自己天生就有的回家本能，小蚂蚁踏上了回家的旅途。

　　小蚂蚁整整走了一个星期，终于回家了。

小松鼠的梦

　　小松鼠睡觉的时候，从来没有做过梦，它很想做一个梦。小松鼠要睡觉了，它祈祷着："今天夜里，我一定要做个很好玩的梦！"小松鼠睡着了，可是它没有做梦。

　　天亮以后，小松鼠不高兴地说："今天我要去买一个梦回来！"于是，它拿了钱，出门买梦去了。

　　走到湖边，小松鼠看见红鲤鱼，问："红鲤鱼，我想买一个梦，你有吗？""我才不卖梦呢。"红鲤鱼说完，回到绿绿的湖水里游来游去，小松鼠觉得红鲤鱼游得好看极了。

　　走到大树下，小松鼠看见白天鹅，说：

"白天鹅，我想买一个梦，你有吗？"

"我才不卖梦呢。"白天鹅说完，张开翅膀在蓝蓝的天空中飞来飞去。小松鼠觉得白天鹅飞得好看极了。

走到秋千旁，小松鼠看见小白兔，说："小白兔，我想买一个梦，你有吗？"小白兔说："我才不卖梦呢。"说完，坐上秋千荡啊荡啊，荡得好高好高，小松鼠觉得小白兔秋千荡得好看极了。

晚上，小松鼠做了一个梦：梦见它划着小船，在湖上和红鲤鱼做游戏；梦见白天鹅背着它飞到东，飞到西；梦见自己坐在秋千上荡呀荡呀……小松鼠醒来以后，高兴地说："原来，我会做这么好玩的梦呀！"

不讲信用的猴子

在动物王国里，有一只不讲信用的小猴子。它答应别人的事情，总是拖拖拉拉的，从不按时完成。

有一次，它去长颈鹿伯伯的果园里玩，发现里面结了好多好多的大桃子，就馋得直流口水。长颈鹿伯伯笑呵呵地对它说："小猴子，你想吃树上的桃子吗？"小猴子听了，连忙点了点头。长颈鹿伯伯摘了一些桃子给它，并对它说："小猴子，我的腿脚不灵便，你能帮我去小溪打桶水回来吗？"小猴子只顾着吃桃子，随便点了点头。

快到天黑的时候，小猴子也没回来。原来这家伙根本就没去小溪，正躲在家里睡大觉呢。而长颈鹿伯伯却以为小猴子遇到了危险，

连忙跑出家门去寻找小猴子。长颈鹿伯伯急急忙忙地来到小溪边，河马大叔却告诉它，小猴子根本就没有来过这里。长颈鹿伯伯一听，又忙跑到小猴子家去问原因。小猴子却一脸无所谓的样子，对长颈鹿伯伯说："哎呀！今天我身体不舒服，等明天再说吧。"长颈鹿伯伯听了小猴子的话，生气极了，头也不回地走了。

不久，这件事就传遍了整个森林，动物们决定再也不和小猴子一起玩了。

于是，小猴子没有了朋友，只好躲到高高的山上，过起了孤独的生活。

香喷喷的老虎脚爪

小兔平时最喜欢吃妈妈做的饭菜了。可是，今天吃饭的时候，它却嘟起了小嘴，说："青菜萝卜，青菜萝卜！我都吃厌了！"兔妈妈没办法，又去给小兔烤面包吃。吃了几天，小兔又吃厌了。真伤脑筋，兔妈妈都不知道给小兔吃什么好了。

这一天，兔妈妈在厨房揉面团，小兔冲它嚷道："妈妈，我不吃青菜萝卜，也不想吃面包了，我要吃大老虎的脚爪！"唉，老虎脚爪，上哪儿去找呀？小兔吃不到老虎脚爪，躺在地上又哭又闹。兔妈妈连忙哄着它说："不哭！不哭！妈妈这就去找老虎脚爪！"

"噢，有了！"兔妈妈想到了一个好办法。它把手里的面团捏呀捏，捏成老虎脚爪的形状，放进烤箱里。一会儿，一股香喷喷的味

儿就飘了出来。

兔妈妈从烤箱里取出一个烤得又焦又香的老虎脚爪，摆在餐桌上。看着黄澄澄的老虎脚爪，小兔可开心了。它吃了一口，好香，再吃一口，真好吃。

第二天，小兔请松鼠和刺猬来聚餐。兔妈妈端出一盘老虎脚爪，小兔对它的朋友说："这是我妈妈特别做的老虎脚爪，你们快尝尝吧！"

松鼠和刺猬吃了一口，又香又甜，它们还说明天再到小兔家吃老虎脚爪呢。

壁橱里的小姑娘

妈妈出门了，她叮嘱诺拉不要给陌生人开门。诺拉答应了，一个人孤零零地留在家里。

她并不介意独自待着，因为她在织一条小围巾。诺拉要把它送给小朋友艾伯，因为他就要过生日了。

诺拉躲进壁橱，开始完成自己的第一件作品。小姑娘没有听见开门的声音，直到卧室里传来花瓶落地的巨大响声，她才反应过来。

"妈妈回来了吗？可她从来没有撞倒过东西呀！"小姑娘想。于是，她悄悄地透过壁橱的缝隙观察外面的情况。

诺拉先看见了一条大尾巴，然后又看见了一个灰色的身子，一个毛茸茸的大脑袋。哎呀，原来是大灰狼从窗户跳了进来！

小姑娘心里很害怕，于是悄悄地把壁橱从里面锁了起来。大灰狼听见响声，来到了壁橱前，可它怎么也打不开壁橱门。小姑娘放心了，但她又开始担心妈妈。要是妈妈突然回家了，该怎么办呀？这时候，诺拉听见了门外的狗叫声，是邻居鲁博叔叔带着猎犬打猎回来了。

　　小姑娘拼命敲着壁橱门，大声呼救。猎犬早就闻到了狼的气味，开始在门外咆哮。大灰狼急忙从窗户跳了出去，拼命地往山上跑。猎狗紧紧地跟在后面，一直把它撵进了山里。

　　诺拉迅速钻出壁橱，将窗户关紧，现在她终于可以放心地织围巾了。

刺猬和灰狼

有一天，一只小刺猬正在林子里寻找野草莓，一只灰狼走了过来，说："小刺猬，为什么你全身都长着又硬又尖的长刺呢？"

"呵呵，因为妈妈说过，有了这些长刺，大坏蛋就不敢来欺负我们了。"小刺猬笑着对灰狼说。

谁知灰狼却不这样认为，它噘了噘嘴，说道："可你这样多难看啊，而且你的长刺还可能误伤别人。你再瞧瞧我的皮毛，多漂亮多柔软啊。"灰狼说完，转了一个圈，向小刺猬展示着自己长长的大尾巴。

小刺猬的脸一下子变红了，它无奈地对灰狼说："可我们刺猬天生就是这样啊，我能有什么办法啊？"

这时，灰狼眼睛一眨，忙跑了过去，悄悄地对小刺猬说："不用

着急，你可以把难看的长刺全拔掉啊。"小刺猬一听，高兴极了，连忙跑回家。

"妈妈，我要把难看的刺全拔光！"妈妈奇怪地问："为什么？长刺能保护我们的安全，不能拔。"小刺猬点点头，自己差一点儿就上了灰狼的当。

第二天，灰狼一见小刺猬，就问："你的长刺都清除干净了吗？"小刺猬听了，点了点头，灰狼便向小刺猬扑了过去，张开大嘴就是一口。

谁料，灰狼却嗷嗷大叫起来，嘴皮上下全是小刺猬的长刺。

从此以后，灰狼见了刺猬就躲得远远的。

漂亮的小花布

商店里的花布真漂亮啊。小鹿的妈妈买了一块红花布，给小鹿缝了一件红花衣裳。小猪的妈妈买了一块蓝花布，给小猪缝了一件蓝花衣裳。小鸭的妈妈买了一块绿花布，给小鸭缝了一件绿花衣裳。

小鹿、小猪和小鸭穿上新衣裳，高高兴兴到外面来玩了。它们走到小猫咪家门口，听见小猫咪在屋里呜呜地哭。

"小猫咪，你怎么了呀？"

小猫咪伤心地说："我妈妈生病了，不能给我做新衣裳了，呜呜……"

　　"小猫咪，你别哭，"小鹿说，"我们来帮助你。"说完，小鹿、小猪和小鸭飞快地跑回家去了。没过多久，三个小伙伴又来到了小猫咪家里。小鹿拿来一件红花布做的衣裳，小猪拿来一顶蓝花布做的帽子，小鸭拿来一条绿花布做的裤子。它们高兴地对小猫咪说："小猫咪，这是我妈妈给你做的，你快来试试呀。"

　　小猫咪开心极了，穿上了红花衣裳，套上了绿花裤子，戴上了蓝花帽子。哇，小猫咪真漂亮啊！小猫咪笑了，对三个好朋友说："谢谢你们，还要谢谢你们的妈妈。"

　　"不用谢，不用谢。"小鹿、小猪和小鸭异口同声地说。然后，四个好朋友拉着小手蹦蹦跳跳地出去玩了。

蚂蚁雄兵

　　柳树爷爷脚下住着一群勤劳善良的蚂蚁，它们是一个团结友爱的大家族。阿土哥是这个大家族的首领，每天它都会指挥成千上万的兄弟姐妹在附近的山坡上采集食物。

　　有一天，一只小蚂蚁忽然慌慌张张地向阿土哥报告说："不、不好了，山坡上起火了，大火正朝这片树林烧过来了！"阿土哥连忙冲出家门，爬到柳树爷爷的肩上，放眼望去，看到大火已经把它们的家围了一圈。"怎么办？如果再不冲出去，全部的兄弟姐妹都可能被烧成灰了！"

　　这时，火越烧越大，一些勇敢的兄弟们拿着树叶开始扑火。可是，不一会儿，树叶就被大火烧着了，它们身上的盔甲也被烧焦了，胆子小的弟弟妹妹们都吓哭了，躲在柳树爷爷的怀里不敢出来。阿土哥忽然想起前两天它和几百个兄弟趴在一只笨重的甲壳虫身上滚下山坡

的情景，灵机一动，想出一个好办法。"别怕，别怕，都过来，我们抱成一个团滚出去！"阿土哥大声喊道。于是，弟弟妹妹们聚拢成一个大大的蚁团，像冬天滚雪球一样飞速地向山坡下滚去。

小蚂蚁花花和其他许多小蚂蚁都被哥哥姐姐们紧紧地抱在中间，当它们滚过烧着大火的山坡时，听到了噼里啪啦的烧焦声，原来最外层的哥哥姐姐们都被烧煳了。蚁团越滚越小，不断有蚂蚁被烧焦，从蚁团上掉下来。最后，蚁团终于滚到了山坡下的小溪边。

这时，花花才敢睁开紧闭的双眼，它看到山坡上到处都是被烧焦的哥哥姐姐。阿土哥抱在蚁团的最外面，也牺牲了。花花和幸存下来的小蚂蚁们伤心极了，它们决心像哥哥姐姐那样，团结一心，重建家园。于是，它们来到一棵新的大树下，挖掘洞穴，搬运粮食。在劳动的时候，花花和稍大一点儿的蚂蚁总是抢着帮助比它们小的弟弟妹妹们。

少了一枚马掌钉

从前，有一位英勇善战的国王，他亲自率领军队打仗，取得了一个又一个胜利。最后一场战斗就要开始了。开战前，国王派了一个马夫去备好自己最喜欢的战马。

"快点儿给它钉掌，这是国王的战马！"马夫催促着铁匠。铁匠从一根铁条上弄下四个马掌，把它们砸平，固定在马蹄上，然后开始钉钉子。钉了三个掌后，他发现没有钉子来钉第四个掌了。

"你得等等，我去打个铁钉。"铁匠说。"等不及了，凑合凑合吧！"马夫不耐烦地牵着马走了。

战斗开始了，国王率领军队冲锋陷阵。他冲到敌军队伍里，这时，一只马掌掉了，战马跌翻在地，国王也被掀倒了。敌军蜂拥而上，俘虏了国王。士兵们眼看国王被捉了，纷纷逃散。就这样，眼看就要打胜仗的国王却输在一枚小小的马掌钉上。后来，民间传出了一首民谣：

少了一个铁钉，

丢了一个马掌；

少了一个马掌，

丢了一匹战马；

少了一匹战马，

丢了一个国王；

少了一个国王，

丢了一个国家。

变色龙

一个夏天的午后，太阳明晃晃地照着大地，小动物们都躲在大榕树下玩耍。你瞧，有的围在一起轮流讲故事；有的在树上荡着秋千；还有的将网兜拴在树上，躺在里面乐悠悠地看着小人儿书呢。

"大家快来看啊！"这时，小猴子叫了起来。大家见小猴子惊恐的样子，都匆匆忙忙地跑了过去。"你们看，那树枝怎么会自己移动呢？"小动物们顺着小猴子指的方向看过去，果然有一截儿枯树枝在慢慢地向前移动。等了一会儿，那枯树枝竟又变成了深绿色，和周围的叶子融为了一体。"该不是什么怪物吧？"小松鼠看了，眼睛

睁得大大的，害怕极了。

　　小猴子胆子最大，它用手指轻轻碰了一下小怪物。谁知小怪物开口说话了："你们干吗？我正在捉虫子呢！""小怪物，你的皮肤为什么可以变色呢？"小猴子好奇地问。"哼，你才是小怪物呢。我是蜥蜴，大家都喜欢叫我'变色龙'。为了不让虫子发现我，我的皮肤就必须随时跟着周围的环境变化。"说完，它快速地吐出长舌头，将一只小虫吞进了肚子里。

　　"变色龙，你能和我们一起玩吗？"小猴子热情邀请变色龙。"等我捉完了虫子再来找你们玩，好吗？"大家听了，高兴地点了点头。今天，它们又认识了一位新朋友。

109

小矮人的公园

　　小矮人的院子是一座漂亮的小公园，里面开满了五颜六色的鲜花，长满了绿油油的小草儿，还有桌子和椅子、滑梯和跷跷板呢。不过，这些东西都是矮矮的，小小的。

　　一天，小矮人笑眯眯地打开公园的大门，邀请朋友们到自己的公园来玩。高个子的阿强来了，他低着头看了看，说："唉，这公园太小了。"说完，转身走了。胖嘟嘟的阿雄也来了，他刚坐下，就被卡在小椅子里了。阿雄不好意思地说："哈哈，我太胖了。"说完，他也走了。

　　小矮人见朋友们一个个都走了，伤心极了，都怪自己把公园修得太小。

　　这时，一群小娃娃蹦蹦跳跳地跑进了小矮人的公园。他们坐在小椅子上，边喝着水边说："小椅子不高不矮，刚刚合适。"他们又爬上滑梯、转椅、跷跷板，开心地玩了起来。小矮人在一边看着看着，笑了。

　　白围墙多难看呀，娃娃们从书包里拿出彩笔画起来。不一会儿，白围墙上出现了小鸟、蓝天、房子、大树，还有小矮人和娃娃们，好看极了。天黑了，娃娃们要回家了。"小矮人，谢谢你，你的公园真好玩，我们天天都会来的。"小矮人听了，开心地笑了。

豆豆和果果

　　夏天天气特别炎热，一滴雨也没有下过，火辣辣的太阳照着大地。乌龟豆豆看着越来越干的池塘，不由得担心起来，就对一个叫果果的同伴说："我们应该换个地方住，至少要找个不缺水的地方。"果果听了，不解地问："为什么呀？你看，现在池塘里不是还有水吗？"

　　"如果有一天池塘里一滴水也没有了，我们怎么活呀？"豆豆看了看天，变得忧郁起来。"你可真麻烦，没事担心那么多干嘛。"果果说完，爬进了池塘。

没过多久，池塘里果真没了水，两只乌龟不得不离开池塘，寻找水源去了。它们顶着烈日，走啊走啊，突然发现路边有一口水井，它们趴在水井边上向井下张望。当它们看到了自己的倒影时，不禁欢呼起来："有水了，有水了！"

"豆豆，我们快跳下去，享受我们的快乐吧。""不行，不行，果果你想想，水井那么深，我们把井里的水喝完了以后，怎么出来呢？到时候，我们还是只有在井底等死。但是现在，我们还可以再想办法去寻找更适合我们生活的地方啊。"豆豆一本正经地说。

果果点点头，觉得豆豆的话很有道理。于是，它们离开了水井，重新踏上了寻找水源的路。

狮王生病

　　兽王狮子病了。它整天待在洞里，任何动物走到洞口，都会听到狮王痛苦的呻吟声。动物们很怕狮王，平常谁不服它管教，它就会吃掉谁。现在狮王病了，动物们还是习惯让狮王管教。它们小声商量了半天，决定去洞里探望它，毕竟它是狮王呀。

　　动物们两三个一群地来到狮王山洞里，有的动物带了肉，有的动物带了一束草药。不过，这些动物再也没有走出山洞。只有狐狸没去。狮王躺在洞里回味着每种动物的肉味，发现少了狐狸肉的味

道，就派狼去找狐狸，了解一下它为什么这么不懂礼貌。

"我们的狮王病得那么重，所有的动物都去看它了，为什么就你不去？"狼一见到狐狸，就责问它。

"这还用问吗？那些探望狮王的动物哪儿去了？还有洞口的各种动物的脚印都朝着洞里，却没有出来的脚印，这些又说明什么呢？"狐狸讲出了自己的疑问。

都说狐狸狡猾，看来果真不假，狼心里暗暗佩服狐狸。

"你还要等什么呢？狮王没吃到我的肉，狼肉也不错啊！"狐狸巧妙地提示狼。

狼明白了狮王装病的原因，也明白了这种灾难迟早会落到自己头上，急急忙忙和狐狸跑到远方去了。

最好的记忆机器

  课堂上，小猪尼可又犯错了。昨天学过的知识，今天就全忘记了。长颈鹿老师从来没有见过这么笨的学生，差点把尼可赶出学校了。

  其实，尼可的心里也挺难受的，它也不想这样。可书本上密密麻麻像小蝌蚪一样的文字实在是太讨厌了，尼可一看到它们就头疼。"如果能有一种东西帮我轻松学习就好了。"走在放学的路上，尼可自言自语。

  尼可的运气真是好极了，它突然发现了一个大招牌——出售记

忆机器。

　　尼可想也没想就跑了过去，在招牌下面找了一圈，终于发现了一个小洞。洞边贴着一张告示：要买记忆机器的顾客请往洞里塞进5颗花生。尼可没有花生，但它有一块巧克力，于是就把巧克力放进了小洞。可等了半天，什么动静也没有。

　　天渐渐黑了，尼可只好失望地回家去了。它把自己遇到的事情告诉了妈妈，妈妈知道尼可上当了。它说："世界上真的有记忆机器。"尼可急忙问："在哪儿啊？""这儿！"妈妈指着尼可的小脑袋说，"只要你多看看书，就会知道记忆机器有多么灵了。"

　　尼可按照妈妈的话去做，发现自己的脑袋真的是一部最好的记忆机器。

西尔弗智找马

很久以前，有一个骁勇善战的人，名叫西尔弗。他有一匹枣红色的战马。每次战斗，这匹战马都冲在最前面，它像一团熊熊燃烧的火焰，鼓舞着士兵们。西尔弗非常爱这匹马，把它当作自己的朋友和亲人。

一个阴雨的夜晚，西尔弗的战马被偷走了。清晨，他望着空空的马厩和偷马人留下的一串脚印，发誓要把心爱的马找回来。

西尔弗立刻带着一队人马沿着偷马人的脚印追踪到一个农场。农场里一匹枣红色的马昂头嘶叫，西尔弗一看，那正是自己的马。于是他报了警。

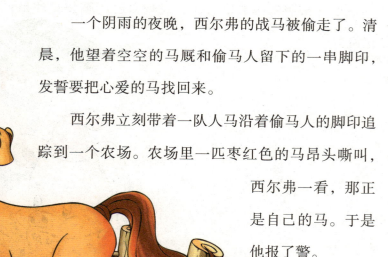

"你们一定是搞错了！这匹马是我一手养大的，怎么会是偷的呢？"农场主人当着警察的面说。面对这样一个死不认账的偷马人，警察一时没有办法。是啊，马不会说话，凭什么作出正确判断呢？

"对啦，我的马有一只眼睛是瞎的。"西尔弗大声说。

"是啊，我的马有一只眼睛去年被一个调皮的男孩用弹弓射瞎了。"偷马人顺着说。

西尔弗用双手蒙住马的双眼，对那个偷马人说："如果马真的是你的，那么，请告诉我们，马的哪只眼睛是瞎的？"偷马人犹豫了半天说："右眼。"西尔弗放开蒙住马右眼的手，马的右眼并不瞎。"我说错了，马的左眼是瞎的。"偷马人着急地说。西尔弗放开蒙住马左眼的手，马的左眼也不瞎。"我又说错了……"偷马人想狡辩。

"是的，你是错了，"警察说，"这些都说明了马不是你的，你必须把马还给西尔弗先生。"

大红枣子

很久以前，有个老婆婆在院子里栽了一棵枣树。老婆婆对枣树可好啦，捉虫子、浇水、施肥料，就像对自己的孩子一样好。夏天到了，枣树结果了，树上的枣子就像一颗颗红宝石，漂亮极了。

有一天，老婆婆不在家。忽然，来了一阵大风雨，枣子噼里啪啦地落到了地上。傍晚，雨终于停了，一只小刺猬来到枣树下面，滚了一圈，带着一身枣子走了。

走了没多远，小刺猬遇见了小啄木鸟。"哟，小刺猬，谁给你的枣子呀？"小啄木鸟问。小刺猬得意地说："我捡的，那边还有很多呢，你也可以去捡几个呀。"

小啄木鸟正要说话，小喜鹊飞过来说："那枣树是老婆婆辛辛苦苦种的，现在她不在家，不可以拿走枣子。"小刺猬红着小脸，不好意思地说："我才搬来不久，我还以为那些是野枣子呢。"它急忙跑回去，抖抖身子，把枣子全抖落在地上。

小啄木鸟说："也不知道老婆婆什么时候回来，枣子会被雨水冲走的。"小喜鹊说："嘿，我们把枣子送到老婆婆屋里去，怎么样？"小啄木鸟说："好呀。"小刺猬说："是啊，是啊，我要多出点力。"它马上又去滚了一身枣子。小喜鹊叼着枣子，啄木鸟抓着枣子，飞过去了。可是老婆婆的屋门紧紧地关着。于是，小啄木鸟放下枣子，啄起门来。

"不行，不行，这样可啄不开。"小喜鹊飞到窗台上，在窗纸上啄了个洞。小刺猬说："我来运枣子，然后你们送进去。"

121

小刺猬不停地运呀运呀，小啄木鸟和小喜鹊不停地往屋里扔呀扔呀。天都要黑了，才把枣子全运到老婆婆的屋子里。它们三个累极了，可是心里乐滋滋的。月亮姑娘从云朵里探出了头，正对它们眯眯笑呢。

"我们到大石头上去休息一下吧。"小刺猬说。不一会儿，老婆婆一摇一摆地回来了。三个小家伙一下子全都躲到大石头后面去了。老婆婆站在院子里抬头一看，呀，枣子怎么一个也没有了啊？"唉，一定是被风吹到地上，叫雨水给冲走啦。"老婆婆伤心地说。她叹叹气推开了屋门，发现满地的枣子："哈哈，枣子全跑到屋里来躲雨了。"老婆婆高兴地摸了摸地上的枣子，笑得嘴都快合不拢了。

小刺猬、小啄木鸟和小喜鹊听了，偷偷地笑了。